ある鳥の物語

〜青空の下で〜

寺島 隆敏
Takatoshi Terashima

文芸社

もくじ

プロローグ　—青空の下で—　5
1　木の上の巣で　7
2　森の沼で　17
3　大きな湖で　39
4　人間のなわばりで　51
5　雪景色の中で　69
6　網の中で　79
7　金網の中で　93
8　ユウユウのとなりで　105
エピローグ　—青空の下で—　123

プロローグ　—青空の下で—

　いつもの止まり木の上で、ぼくは翼《つばさ》を大きく開いて伸《の》びをした。長かった冬も過ぎて、春の日差しが暖《あたた》かくて気持ちいい。ぼくはくちばしで羽《はね》を一枚ずつひっぱって整えていく。ほとんど飛ぶことはないので大きく乱《みだ》れている羽はないが、それでも一枚一枚、順番にくちばしでひっぱって伸ばしていく。ゆっくり時間をかけてすべての羽を整え、ぼくは満足して、もう一度大きく伸びをした。

　見上げると、澄《す》んだ青空が広がっていた。その中を、白い雲がいくつか、ゆっくりと流れていく。この青空の下で、ぼくにはいろいろなことが起きた。それでも、青空は今日も、あの日、沼《ぬま》から見上げた空とすこしも変わらず、どこまでも広がっている……。

1　木の上の巣で

高い松の木の一番上にある、木の枝を集めて作った巣《す》。ぼくの記憶《きおく》は、そこからはじまる。

松の木は、山の中腹《ちゅうふく》にあった。ぼくは巣の縁《ふち》に座《すわ》りこみ、谷から吹《ふ》き上がってくる風を受けながら、青空をゆっくりと流れていく雲をながめるのが大好きだった。

しばらく雲をながめているうちに、やがて青空の中に小さな白い点が見えはじめ、それがだんだん大きくなってくる。

「おい、帰ってきたぞ」

お父さんやお母さんが、沼で捕《と》れたドジョウやフナを持って帰ってきたのだ。それをいち早くみんなに伝えるのは、いつもぼくの役目だった。

「さあ、コウ、アキ、クウ。ごはんだぞ」

帰ってきたお父さんやお母さんは、鋭《するど》い羽音《はおと》とともに巣の縁に着地《ちゃくち》する。そして、くわえてきたドジョウやフナをぼくたちの前に置く。ぼくたちは歓声《かんせい》を上げていっせいに飛びつき、ひっぱり合いをしながら食べる。これがぼくたちの日課《にっか》だった。

巣には、ぼくを入れて三羽のヒナがいた。ぼくが一番早く卵《たまご》から出てきたそうで、一応、三羽のうちの一番上の兄ということになっていた。二番めが妹のアキ、最後が弟のクウ。巣の中はいつもにぎやかだった。

「ぼくも飛べるのかな？」

ある日、巣の縁にとまっているお母さんを見上げて、突然クウが言い出した。ぼくはびっくりした。それまで、飛ぶなんてお父さんやお母さんがすることだとしか考えていなかった。自分自身が飛ぶことなんて一度も考えたことがなかったのだ。

「もちろんよ」

お母さんは、白い大きな翼を、いっぱいまで広げて見せた。

「もうすこし大きくなったら、クウにもこんなふうに羽が生えてくるわ。そうしたら、自由に空を飛べるようになるのよ」

「私も飛べる?」

アキが長い首を精《せい》いっぱい伸ばして聞いた。

「もちろんよ。お母さんの子だもの。コウもクウもアキも、みんなもうすぐ飛べるようになるわ。飛べるようになったら、みんなで沼まで行こうね」

「沼にはドジョウがたくさんいる?」

「いるわよ」

お母さんは笑った。

「ドジョウもフナもカエルも、食べきれないくらいたくさんいるのよ」

「すごい！　早く行きたい！」

クウが小さな翼をバタバタさせた。そのとき、上からも羽《は》ばたく音が聞こえた。見上げると、ちょうどお父さんがドジョウをくわえて巣に着地するところだった。お母さんの話を聞いて、お父さんもドジョウをひっぱり合っているぼくたちをながめながらうなずいた。

「そうか。おまえたちも飛ぶことに興味《きょうみ》を持ちはじめたのか」

「飛ぶのって楽しい？」

ドジョウを食べ終わったアキが聞いた。お父さんは笑って答えた。

「ああ、気持ちいいぞ。それに、飛べないと生きていけないからな」

「飛べないと生きていけないの？」

「そうだ。おまえたちはこれからどんどん大きくなって、どんどんたくさん食べるようになる。だからいつか、お父さんとお母さんだけではおまえたちの食べる分を運びきれなくなる。そうなったら、自分で飛んで食べ物を探しに行かないと飢《う》え死《じ》にするぞ」

「じゃあ、それまでに飛べるようになる！」

アキが翼をバタバタさせながら叫《さけ》んだ。

「ぼくもなる！」

クウも負けずに叫んだ。

「コウはどうする？」

お母さんがぼくに聞いた。

「ぼくは……」

ぼくは、自分の小さな翼を開いてながめてみた。これが本当に、やがてお父さんやお母さんのような、あんな大きな翼になるんだろうか？　いくら考えても全然想像できない。

「それまでに考えておく」

「そんなこと言ってると、沼のドジョウみんな先に食べちゃうよ」

アキがまじめな顔で言った。

「誰《だれ》が最初に飛べるか、競争《きょうそう》だぞ」

クウが楽しそうに言った。


その日は、晴れていて暖かかった。お父さんが運んできたドジョウをみんなで食べ終わったあと、ぼくは日差しの中で気持ちよくなってすこしウトウトしていた。

そのとき、羽音が近づいてきた。ぼくはお父さんかお母さんが帰ってきたのだと思った。羽音は近づいてくると、巣の縁に止まった。

ぼくは目を開けた。そこには、ドジョウをくわえたお母さんもお父さんもいなかった。そのかわり、見上げるほど大きな、見たことのない鳥が、鋭い目でぼくたちを見下ろしていた。

「えっと、誰?」

クウが一歩、大きな鳥に近づいた。

「クウ、離《はな》れなさい！」

「出ていけ！」

上からお父さんとお母さんの叫び声が聞こえた。見上げると、澄んだ青空をバックに、まっすぐ急降下《きゅうこうか》してくるお父さんとお母さんの姿《すがた》が目に入った。

大きな鳥は上を見上げると、面倒《めんどう》くさそうに舌打《したう》ちした。そして素早《すばや》く首を伸ばすと、一番近くにいたクウをくわえ上げた。

「痛《いた》い。やめろ」

クウが悲鳴《ひめい》を上げた。大きな鳥の鋭いくちばしの間から、クウの白いうぶ毛に血がにじんでいるのが見えた。そのときお父さんとお母さんが、自分と同じくらいもある大きな鳥に両側から体当たりした。大きな鳥は向きを変えると、両側から突《つ》っつくお父さんとお母さんのくちばしをかわし、クウをくわえたまま巣から飛び立った。

「いやだ。放《はな》して」

クウの苦しそうな叫び声がかすかに聞こえた。ぼくがクウの声を聞いたのは、これが最後だった。

しばらくして、大きな鳥を追いかけていったお父さんとお母さんが帰ってきた。でも、クウはいっしょではなかった。

「クウはどうなったの？」

ぼくは、巣の縁にとまったお母さんにおそるおそる聞いてみた。お母さんは悲しそうな顔をしたが、なにも答えなかった。アキがぽつんと言った。

「私たちの中で最初に飛んだのは、クウだね」


その日の夜、ふと目が覚めた。月明かりの中で、お父さんとお母さんが近くの木に止まっているのが見えた。

「まだ二羽残っているんだ。悲しんでいるひまはないぞ。しっかりしろ」

お父さんの声が聞こえた。

「ええ、でも……」

お母さんの声はふるえていた。なんだか聞いてはいけないような気がして、ぼくはあわてて目を閉じた。

2 森の沼で

「おい、ちょっと翼を開いてみろ」

ある日、お父さんが言い出した。ぼくとアキが翼を開くと、お父さんは満足《まんぞく》そうにうなずいた。

「そろそろだな」

お母さんも横からぼくたちの翼をのぞきこんだ。

「ええ、これなら大丈夫《だいじょうぶ》ね」

「よし。お前たち、ちょっと羽ばたいてみろ」

「こう？」

アキは巣の縁に立ち上がると、翼を開いて何度か軽く羽ばたいた。

「それじゃだめだ。もっと力を入れてやってみろ」

ぼくは自分の翼を開いてながめた。いつの間にか白い羽が生えそろって、お父さんやお母さんの翼と見比《みくら》べてもたいして変わらない。そのとき、ぼくは自分が飛ぶ姿をあたりまえのように想像している自分に気がついて、自分でびっくりした。

ぼくもアキと反対側の巣の縁に跳《と》び上がると、翼を開いて羽ばたいてみた。今までにも何度かふざけて羽ばたいたことはあったが、今度は本当に力いっぱい羽ばたいてみた。周囲に大きな羽音が響《ひび》いた。あ、これはお父さんが飛び立っていくときと同じ音だと思ったとたん、体がふわっと浮《う》き上がるのを感じた。ぼくはびっくりして羽ばたくのをやめた。アキも体が浮きそうになってびっくりしたのか、小さく悲鳴を上げて、羽ばたくのをやめた。

「ちょっと体が浮いたみたい」

「びっくりしていてはだめだぞ」

お父さんが笑った。

「どうだ、飛べそうだろう。そろそろ飛んでみるか？」

ぼくとアキは顔を見合わせた。

「じゃあ、飛んでみる」

アキは巣の縁に立つと、何度か羽ばたいた。

「羽ばたくのは地上から飛び立つときだ。木の上から飛ぶときは羽ばたかなくてもいい。翼を開いて、枝を蹴《け》って飛び出すだけだ」

そのとき、お母さんがドジョウをくわえて帰ってきた。お母さんはいつものように巣には来ないで、近くの地面に着地した。お父さんが、地面に立っているお母さんを見下ろしながら言った。

「よし、あそこまで飛んで行けたら、ドジョウを食べていいぞ」

アキはしばらく巣の縁に立って地上のお母さんを見つめていたが、やがて巣の中に戻《もど》ってきて深呼吸《しんこきゅう》した。ぼくも巣の縁に立ってみた。

　今までそれがあたりまえだったのであまり意識したことがなかったけれど、あらためて見下ろしてみると、巣は思っていたより高い。すこし足がふるえてきて、ぼくは思わず巣の中へ戻って座りこんでしまった。ぼくもアキも、今度こそ飛ぼうと決心して、何回も巣の縁に立った。でも、翼を開いて地面を見下ろすとやっぱりこわくなって、また巣の中に戻ってしまった。

「おなかすいた」

　アキがつぶやいた。そして勢《いきお》いよく立ち上がった。

「もう、どうなってもいいや。私、飛んでみる」

　アキは翼を開くと、巣の縁に跳び上がった。そして立ち止まることなく、そのまま巣を蹴って空中に飛び出した。ぼくは巣の縁から首を伸ばしてアキを目で追った。ちょっとフラフラしながらも、アキはなんとかお母さんのそばに着地した。

「へえ、ちゃんと飛べるんだ」

それが正直な感想だった。

「ほら、コウも早くおいで」

「大丈夫だよ。思ったより簡単《かんたん》だった」

お母さんとアキが下でぼくを呼んだ。アキがお母さんからドジョウをもらっているのを見て、急におなかがすいてきた。ぼくは大きく深呼吸すると、巣の縁に立った。いっしょに育ったアキにできるなら、ぼくにもできるはず。そう自分に言い聞かせると、ぼくは翼を伸ばせるだけ伸ばし、思いきって巣を蹴った。

最初はそのまま落ちていくのかと思った。でも次の瞬間《しゅんかん》、体がフワッと浮くのを感じた。翼が風を切る音が聞こえた。お父さんやお母さんが巣の近くを飛んでいるとき、遠くでかすかにこんな音がしていた。それが、今は自分の耳元で聞こえる。前を見ると、もう目の前に地面がせまっていた。

「羽ばたいて速度を落とすのよ」

お母さんの声が聞こえたような気がする。でも、なにをしたのかよく覚えていない。気がついたとき、ぼくは翼をいっぱいに開いたまま地面に立っていた。

「どうだった?」

お母さんが聞いた。

「飛べた……」

そのときは、それだけ答えるのが精いっぱいだった。何度か深呼吸を繰《く》り返《かえ》しているうちに、やっと落ち着いてきた。振《ふ》り返ると、そのあたりの木の中で一番高い、大きな松の木があった。そして、その松の木のはるか上のほうに、さっきまでいた巣が小さく見えた。そのむこうには、澄んだ青空がどこまでも広がっていた。

ドジョウを食べてすこし休憩《きゅうけい》したあと、また飛ぶ練習がはじまった。高いところから飛び降りるのとちがって、地面から飛び立つのは気楽だった。力を入れて何度か羽ばたくと、体が軽くなるのを感じる。そのとき地面を軽く蹴ると、地面はそのまま下のほうへ遠ざかっていった。お父さんとお母さんが横にならんで飛びながら、いろいろな翼の動かしかたを教えてくれた。翼の角度を変えると体がどう動くのか、ぼくとアキは自分の体で確《たし》かめながら覚えていった。

最初はそれだけで精いっぱいだったが、しばらくすると合間《あいま》に周囲の景色《けしき》をながめるくらいに余裕《よゆう》が出てきた。うしろへ流れていく地上の景色。そして、どちらを見ても広がっている青空。今までは巣から見上げるだけだった青空が、今はぼくのすぐそばに広がっていた。

「さあ、今日はこのくらいにしましょうか」

お母さんが空を見上げて言った。夢中《むちゅう》で飛び回っているうちに、いつの間にか空は夕焼《ゆうや》けに染《そ》まりはじめていた。お父さんもうなずいた。

「よし、木に戻ろう」

「木の上で寝《ね》るの？」

「地上にはこわい動物がたくさんいるから、寝るときは木の上が一番安全なのよ」

お父さんとお母さんが飛び立つのを見て、それまで気になっていた、どうもスムーズに飛び立てなかった理由に気がついた。そうか。羽ばたくタイミングと地面を蹴るタイミングを合わせればいいんだ。さっそくやってみると、まだお父さんのようにはいかなかったが、今までよりはだいぶスムーズに飛び立つことができた。ぼくたちは夕焼け空の中を、巣のある木を目指《めざ》して飛んだ。

お父さんとお母さんがならんで巣のそばの枝に降りた。アキもお母さんのとなりに止まった。ぼくもお父さんのとなりに降りようと降下《こうか》していった。そのとき、突然《とつぜん》頭の中で声が響いた。

(速すぎる。枝をよけろ)

枝をよけて旋回《せんかい》するかこのまま着地するかすこし迷ったが、もう松の枝は目の前だ。ぼくは頭の中の声を無視し、そのまま枝に向かって足を伸ばした。そのとたん、足に激痛《げきつう》が走って、ぼくは思わず悲鳴を上げた。痛みで足の感覚がなくなり、枝をつかむことができなかった。涙《なみだ》があふれてきた。頭の中が足の痛みでいっぱいになって、自分がどこでなにをしているのかも考えられなくなった。しかしそのとき、また頭の中で声が聞こえた。

（墜落《ついらく》するぞ。羽ばたけ）

涙で前が見えなかったが、ぼくは頭の中の声の言うとおりに夢中で翼を動かした。胸《むね》が草に触《ふ》れるのを感じた次の瞬間、ぼくは胸から地面に突っこんだ。お父さんとお母さんが顔色を変えて飛んできた。

「ぼくは、どうなったの？」

「枝に足をぶつけたのよ」

お母さんが、ぼくの胸のあたりを長いくちばしでなでながら言った。

「枝に降りるときは、十分に速度を落とさないとだめだぞ」

お父さんが、ぼくの足を確かめながら言った。

「なんか、頭の中でそんな声が聞こえたような気がする」

「ああ、そうだ」

お父さんがうなずいた。

「その声を聞きのがすな。とても大事なことを教えてくれる」

羽ばたいて減速《げんそく》していたおかげで、胸をすこし痛めただけで大きなケガはしなかった。足のほうもしばらくはしびれて立てなかったが、なんとか大丈夫のようだった。

自分の直感《ちょっかん》を意識《いしき》したのは、そのときが最初だった。そしてぼくは、今後は直感には絶対に逆《さか》らわないと心に誓《ちか》った。

次の日の朝、ぼくたちはいよいよ沼に向けて、まだ太陽が昇《のぼ》ったばかりの青空に舞《ま》い上がった。お父さんとお母さんについてしばらく飛ぶと、森のむこうにまぶしい光が見えてきた。

「あれが沼?」

アキが叫んだ。お父さんが答えた。

「そうだ。朝日を反射して水が輝《かがや》いているんだよ」

「水ってなに？」

お父さんは笑った。

「行けばわかる。自分で確かめてみろ」

ぼくたちは沼へ向けて高度を下げていった。そこには、普通の地面とはちがう、なんだか不思議《ふしぎ》な地面が広がっていた。下に青空や雲が映って、下にも空があるような変な気分だった。木は一本もないかわりに、長い草が生えている場所がところどころにあった。そして、色も大きさもちがう、とてもたくさんの鳥がいた。巣の上を鳥の群《む》れが飛ぶことはあったが、こんなにたくさんの鳥を見たのははじめてだった。ぼくらは沼の中に着地した。

「きゃっ、冷たい！」

「これが水？」

「そうだ。水があるところを沼や池というんだ。そういうところに魚がいるんだよ」

水はすこし冷たかったが、しばらく飛んで暑かったのでその冷たさが気持ちよかった。水の感触《かんしょく》がおもしろくて、ぼくとアキは大きな水しぶきを上げて飛びはねた。お母さんがきつい声で言った。

「やめなさい。大きな音をたてると、他の鳥に迷惑《めいわく》なのよ」

見回すと、何羽かの鳥がこっちをにらんでいた。ぼくたちはあわてて動きを止めた。

「完全に動きを止めなくてもいい。普通にしていれば大丈夫だ」

お父さんが笑った。

「ドジョウはどこにいるの?」

ぼくとアキはあたりを見回した。どこにもドジョウは見あたらない。

「水の中だよ」

「水の中?」

頭を下げて水の中をながめてみたが、水がにごっていてよく見えない。

「見えないよ」

「目では見つからないぞ」

お父さんは笑った。

「くちばしで水の中を探《さぐ》って捕まえるんだ」

「なんだ。沼に行けば、ドジョウやフナがそのへんにいくらでも落ちてるのかと思ってた」

アキが言った。ぼくも、なんとなくそんなイメージを持っていた。

「音を立てるな。ドジョウが逃《に》げるからな。こうやってくちばしで水の中を探って、ドジョウの気配《けはい》を感じ取るんだ」

お父さんは長いくちばしの先を水の中に入れて、ゆっくり歩き回った。しばらく見ていると、突然お父さんのくちばしが素早く動き、すこし水しぶきが上がった。水面の波紋《はもん》がおさまったとき、お父さんのくちばしにはフナがくわえられていた。

さっそく、ぼくとアキもくちばしを水の中に入れてみた。水が動いている様子はなんとなくわかるが、それがドジョウやフナとどういう関係があるのかわからない。お父さんのまねをしてしばらく歩き回ってみたが、フナやドジョウがどこにいるのかまったくわからなかった。

「だめ。全然わからない」

アキが頭を振った。

「あせらなくても、ゆっくり覚えればいいわ」

「コツさえ覚えれば、そう難《むずか》しいものでもないが、いきなり最初からは無理だな。今日はこれを食べなさい」

いつのまにか、お父さんとお母さんがフナを捕まえて待っていてくれた。

一日中沼の中を歩き回ってみたが、ぼくもアキも、結局なんの成果もなかった。夕方、お父さんやお母さんが捕まえてくれたフナやドジョウを食べてから、ぼくらは沼を飛び立って巣に戻った。

巣のある木に戻って枝に着地しようとしたとき、突然昨日《きのう》の痛みを思い出して、ぼくは思わず枝をよけてしまった。

「大丈夫だ。落ち着いて、ゆっくり速度を落として枝をつかむんだ」

ぼくは何度か枝に近づいた。でも、そのたびに胸がドキドキしてきて、どうしても枝に足を伸ばすことができなかった。何度めかの挑戦《ちょうせん》で、ようやく足が枝に触れた。夢中で枝にしがみついて、なんとか着地できた。

「しかし、まともに木の枝に降りられないというのは困ったことだぞ」

お父さんが首を振った。

「しかたないわ。ゆっくり慣《な》れていけば大丈夫よ」

お母さんが、ぼくをなぐさめるように言った。


それから何日も、朝から夕方まで沼で魚を捕る練習をした。最初はまったく成果がなかったが、あるときふと、見なくても水の動きでなんとなく横を歩いているアキの足の動きが感じられることに気がついた。あらためて考えてみると、くちばしに感じる水の動きで、小さなものが水の中を動き回っている様子がなんとなくわかるような気がしてきた。

なにかが動く気配がするあたりにおそるおそるくちばしを伸ばしてみると、なにか水とはちがう、かたいものに触れた。あっと思ったとたん、それがすごい早さで遠ざかっていくのが感じられた。

「今の、なんだろう?」

「今のが魚だ」

横にいたお父さんが答えた。

「あれはたぶんフナだろう。あとは、くちばしが触れた瞬間に素早くそれをくわえられるようになれば、捕まえられるぞ」

それからも何度か、くちばしがなにかに触れることはあった。でも、動きがとても素早くて、捕まえることはできなかった。

それから何日かして、いつものように水の中を探っているとき、近くの水面をなにかが動いているのが目に入った。ぼくは、ほとんど無意識にくちばしを伸ばした。気がついたとき、ぼくはカエルをくわえていた。

「お、やったな！」

「ついにやったわね！」

お父さんとお母さんがほめてくれたが、ぼくは自分自身にびっくりして呆然《ぼうぜん》としていた。

「これ、食べていいの？」

ぼくはおそるおそる聞いた。

「もちろんだ。自分で捕まえたものは自分で食べていいんだ。遠慮《えんりょ》することはないぞ」

今までにも、お父さんやお母さんが巣にカエルを持ってきてくれたことは何度もあった。でも、このときのカエルが一番おいしかった。

それから間もなく、アキも小さなフナを捕まえるのに成功した。結局、その日自分たちでつかまえたのはその一匹ずつだけだったが、巣へ帰る途中《とちゅう》、ぼくたちはなんとなくうれしくて、ふざけあってどんどん高いところまで上昇《じょうしょう》していった。

「あまり高いところを飛んではだめだ。大きな鳥に見つかって食べられてしまうぞ」

ぼくたちは、あわてて追いかけてきたお父さんに、足をくわえて引きずり降ろされた。


ある日、沼の反対側の、いつもとちがう場所へ行ってみることになった。

そこには、ぼくたちと同じ鳥の家族が、他にも何組かいた。お母さんはさっそくその鳥たちとおしゃべりをはじめた。

そこには、ぼくと同じくらいの子供たちも何羽かいた。

「この鳥たちと仲良くしておけ。冬になったら同じ群れで暮《く》らすことになるかもしれないからな」

みんな、がんばって水の中を探っている。ぼくとアキも子供たちの中に入って食べ物を探しはじめた。でも、アキはすぐに、他の女の子とおしゃべりするほうに夢中になったようだ。一方、男の子たちのグループのほうも、自分が見つけた水中を探るコツを互《たが》いに教え合ったりした。ぼくもいろいろと新しい発見があって、とてもためになった。

「どうだ、コウ。気に入った子はいるか?」

お父さんがやってきて、小声でぼくに聞いた。

「気に入ったって?」

「まだ、すこし早いか」

お父さんはちょっと笑った。

「あの中からでも、他の誰かでもいい。おまえも早く、枝を贈《おく》れる女の子を見つけろよ」

「枝を?」

「気に入った女の子がいたら、木の小枝を贈るんだ。もし受け取ってくれたら、その子はおまえと結婚《けっこん》してくれるということだ」

「お父さんも、お母さんに枝を贈ったの？」

「ああ、もちろんだ」

お父さんはちょっと照《て》れたように笑った。

「お父さんが枝を贈って、お母さんが受け取ってくれた。だから、おまえたちが生まれたんだ」

ぼくはおしゃべりに夢中になっている女の子グループのほうをながめた。でも、そのときはまだなんのことかよくわからなかった。

一方で、そのとき他の子から聞いた水中を探るコツはとても役に立った。次の日から、ぼくが捕まえる魚の数はずいぶん増えた。お父さんとお母さんは満足そうに言った。

「今のうちにしっかり練習しておけ。冬になると大変だからな」

「冬になるとどうなるの？」

「魚が少なくなるの。それまでにしっかり魚の捕りかたを覚えておかないと、生きていけないのよ」

「冬になったら、お父さんもお母さんも自分の食べる分だけで精いっぱいで、おまえたちの分を捕ってやれなくなる。だから、それまでに自分の食べる分は自分で捕まえられるようになっておかないとな」

そのときは実感がなかった。くちばしを水に入れてみると、魚が何匹も動いているのがわかる。この魚たちがいなくなるなんて、想像できなかった。


やがて、ぼくはこの沼を離《はな》れて、どこかの沼か湖《みずうみ》で暮らすことを意識するようになった。実はお父さんも遠くの湖で生まれ、この沼へやってきてお母さんと出会ったのだという。

澄んだ青空が広がったある日、ぼくはついに旅立《たびだ》つ決心をした。お父さんとお母さんからそれぞれ最後のドジョウをもらったあと、お父さんやお母さんやこのまま沼で暮らすというアキと別れ、ぼくはたった一人で、まだ見知らぬ土地を目指して沼を飛び立った。

3　大きな湖で

もうどのくらい飛んだだろう。

そろそろ翼が痛くなってきた。見上げると、さっきまでのきれいに澄んだ青空は、いつの間にか夕日に赤く染まっていた。

見下ろすと、山のふもとに、大きな湖が夕日の光を受けて赤く輝いていた。あの湖なら、きっとドジョウやフナがたくさんいるにちがいない。とりあえず食べ物には困らないだろう。ぼくは羽ばたくのをやめ、風に乗ってゆっくりと滑空《かっくう》しながら、高度を下げていった。

湖の近くの山の中に、ちょうど止まりやすそうな大きな松の木を見つけたぼくは、慎重《しんちょう》に速度を落としながら近づいていった。自然に胸がドキドキしはじめた。だいぶうまくなったとは思うけど、いまだに枝へ降りるのはどうも苦手だ。

次の日の朝、目が覚めたとき、もう太陽はだいぶ高く昇っていた。

あわててあたりを見回して、そこでぼくはようやく、もう起こしてくれるお母さんはいないのだということを思い出した。「まだ寝ていたのか」とあきれるお父さんや、「早く起きないとドジョウ全部食べちゃうよ」とからかうアキも……。

ぼくは小さくため息をついた。そして前の日、飛んできたほうを見た。しかし、みんなで暮らした巣はいくつも山を越えたずっとむこうだ。ぼくには、まるで世界の果《は》てのように感じられた。

ぼくはもう一度小さくため息をついた。そのとき、おなかが鳴った。それで、ぼくはやっとおなかがすいていることを思い出した。

「とりあえず湖へ行って、なにか食べよう」

空を見上げると、今日もきれいに澄んだ青空が広がっていた。ぼくは翼を必要以上に勢いよく広げると、思いっきり枝を蹴って飛び立った。

ゆっくり高度を上げていくと、森のむこうに湖が見えてきた。ぼくは風に乗ってゆっくりと羽ばたきながら、首を湖のほうに向けた。

湖には、もうたくさんの水鳥が群れていた。ぼくは湖の上空を一度大きく旋回したあと、鳥の少なそうな湖の端《はし》のほうに向かって高度を下げていった。

やがて、ぼくはあいている場所を見つけて着地した。他の鳥の迷惑にならないようになるべく静かに降りたつもりだったけど、それでもぼくの羽音に驚《おどろ》いて魚が逃げてしまったのか、何羽かの鳥たちが首を上げてぼくをジロッとにらんだ。

「あ、あの、すいません」

ぼくは下を向いてモゴモゴと謝《あやま》った。みんなはまた下を向いて魚を探しはじめたが、何羽かはぼくのほうに近づいてきた。ぼくはドキドキした。怒《おこ》られるんだろうか。いきなり二度とここへ来るなとか言われたらどうしよう。そうなったら、また新しい場所を探して飛び立つしかない。

「見かけない鳥だな。どこから来たんだ?」

その中の一羽が声をかけてきた。その声は、とくに怒っているようには聞こえなかった。ぼくはホッとして体の力を抜《ぬ》いた。

「あの、あっちの山のむこうのほうから……」

「ふーん」

その鳥は、ぼくがくちばしで指した山のほうをながめた。

「あっちのほうは、まだ行ったことないな」

別の鳥が聞いてきた。

「まだ若《わか》そうね。いつ生まれたの?」

「えっと、この春に……」

「あら、やっぱり」

その鳥はぼくを見て笑った。

「あの、しばらくこのあたりで暮らしたいんですけど……」

ぼくはおそるおそる聞いてみた。

「この湖はべつに俺《おれ》たちのものじゃないからな。断る必要はないぞ」

「ええ、そう。誰でも自由に使っていいのよ」

みんなはまたそれぞれ食べ物を探しに散っていった。とりあえず、しばらくはこの湖で暮らしていけそうだ。ぼくはちょっとうれしくなった。

そのときまたおなかが鳴った。そうだった。ゆっくりよろこんでいる余裕はなかったんだった。ぼくは急いでくちばしを泥《どろ》に差しこんで探りはじめた。間もなく、カエルを捕まえた。その湖で最初の獲物《えもの》は、生まれてはじめて自分で捕まえたあのときのカエルと同じ味がした。

見上げると、空は赤く染まっていた。結局、その日は小さなカエルを数匹捕まえただけで終わってしまった。

「ドジョウが食べたいな」

声に出してつぶやいてみても、もうドジョウを捕まえてきて食べさせてくれるお父さんもお母さんもいない。まわりの鳥たちはそろそろ寝る準備をはじめたり、ねぐらへ帰るために飛び立っていったりして、誰もぼくには見向きもしない。ちょっとため息をついてから、近くにいた水鳥たちが飛び立つのに合わせて夕焼けの空に舞い上がった。前の夜と同じ松の木に戻ってからも、おなかがすいてなかなか眠《ねむ》れなかった。

「明日こそ、がんばって大きな魚を捕まえよう」

なんとか自分のおなかにそう言い聞かせると、ぼくは無理に目を閉じた。

次の日は寝坊《ねぼう》しなかった。おなかがすいて、朝早く目が覚めてしまった。ぼくは簡単に羽づくろいを済《す》ませると、ようやく朝焼けが消えたばかりの青空に舞い上がり、一直線《いっちょくせん》に湖を目指した。

朝早かったので、まだ鳥はあまり多くなかった。湖に降りると、ぼくは目を閉じて、お父さんやお母さんから習った魚の捕まえかたを思い出せるだけ思い出してみた。たしか、魚は葦《あし》の生えているようなところにたくさんいるはずだ。見回すと、湖の岸《きし》に沿《そ》って葦の茂《しげ》みが広がっていた。まだ鳥が少なかったので、魚がいそうな葦の茂みの近くへ自由に入ることができた。

ぼくはくちばしを水中に入れると、魚の気配に全神経《しんけい》を集中した。しばらく水中を探っているうちに、くちばしが魚に触れるのを感じた。朝早くて魚の動きが遅《おそ》かったのか、案外あっさりと捕まえることができた。小さなフナだったが、これならなんとかなりそうだとすこし自信が出てきた。いそいでフナを飲みこむと、ぼくはまたくちばしで水中を探りはじめた。すぐに二匹めも捕まえることができた。

しばらくして三匹めも見つかった。くちばしではさみこんでみると、なんだかずいぶん大きい。くちばしを水中から引き上げてみてびっくりした。今までにぼくが捕まえた中で一番大きかった魚のさらに倍くらいはある、見たことのない魚だった。こんな大きな魚をぼくが食べていいんだろうか。ぼくはちょっと不安になって、その魚をくわえたまま周囲を見回した。でも周囲にいた何羽かの鳥はぼくには見向きもしない。ぼくはちょっとドキドキしながら魚をくわえ直すと、思いきって飲みこんだ。大きすぎてちょっと苦労するくらいだった。

予想外に大きな魚が捕れておなかがいっぱいになったので、すこし湖を探検してみることにした。これからここで暮らすなら、この湖がどんなところか知っておいたほうがいいだろう。ぼくは湖の周囲をすこしずつ移動しながら、魚が捕れそうな場所を確かめていった。移動しながらながめてみると、湖のどこにもたくさんの鳥がいた。沼で会ったことのあるのと同じような鳥も、はじめて見る鳥もいた。

湖を一周して朝に大きな魚を捕まえた場所に戻ってきたとき、そこには何羽かの鳥がいた。

「おい、カル。あの鳥が戻ってきたぞ」

ぼくが岸に着地したとき、一番近くにいた鳥が隣にいた鳥を突っついた。カルと呼ばれた鳥は、ぼくのほうを振り返った。

「ごめん。君が飛んで行くのが見えたから、もうここは使ってもいいかと思ったんだ。すぐにあけるから。おいハク、ホシ、行くぞ」

「おいホシ、行くぞって言ってるだろ」

ずっとくちばしで水中を探りつづけていたちょっと太めの鳥が、突っつかれてしぶしぶ顔を上げた。するとこの太めの鳥がホシで、もう一羽がハクなのか。

「あ、いや。えっと……」

ぼくはあわてて言った。

「あけなくてもいいよ。ぼくはこっちで休んでるから。今はおなかすいてないし」

「えっ、いいのか？」

「うん。ここは別にぼくの場所じゃないから」

「そうか。それじゃ遠慮なく」

ホシがくちばしを水中に入れた。

「話が終わるまで待てよ！」

カルとハクに左右から同時に思いっきり突っつかれて、ホシが飛び上がった。ぼくは思わず吹き出した。

三羽が長いくちばしで水中を探りながら歩き回るのをぼんやりとながめているうちに、なんとなくおかしくなってきた。近くにいたカルが、ぼくがニヤニヤしているのに気がついたらしい。

「どうしたんだ？」

「いや、昨日聞いたばかりの言葉を、次の日に自分が言う立場になるとは思わなかったから」

「昨日聞いたって？」

「実は、昨日この湖に来たばかりなんだ」

「なんだ、そうか。たしかに、あまり見ない鳥だなとは思ったけど」

それから、カルたちは毎日やってきてぼくといっしょに食べ物を探すようになった。ぼくたちはすっかり仲良くなって、おなかがいっぱいになるといっしょに遊び回るようになった。

4　人間のなわばりで

「おい、ちょっとこっちへ来いよ」

水の中にくちばしを差しこんで、動くものの気配に全神経を集中していたぼくは、突然すぐうしろから声をかけられて飛び上がった。振り向くと、いつの間にかうしろにいつものメンバーがそろっていた。

「びっくりした。急にうしろで声を出さないでよ」

「いいから、ちょっと来いよ」

なんだかみんなの様子がいつもとちがう。ずっとまわりを見回しながらおどおどしている。それでいて目はいたずらっぽく輝いているのが怪《あや》しいなと思ったが、ぼくもみんなのあとについていった。沼のはずれの葦の茂みの中に飛びこむと、みんなはやっと安心したように深呼吸した。

「これから、みんなで田んぼに行くんだ。おまえもいっしょに来るか？」

「田んぼってなんだ？」

「行ったことないのか？　四角い沼のような池のようなのがたくさんならんでいるところだよ。あの山のむこうにあるんだ」

「あっちへは行ったことないけど、その田んぼというところにはなにがあるんだ？」

「食べ物がたくさんあるんだ。鳥が少ないから、ドジョウもカエルも食べ放題《ほうだい》だぜ！」

「それはすごいな」

なんだかわからないが、田んぼとはすごいところのようだ。

「でも、なんでこんなにコソコソしているんだ？」

ハクとホシはあいかわらず葦のすきまからまわりの様子を見回している。

「俺たち、田んぼには近づいてはいけないと言われてるんだ。危険《きけん》だからな」

「なにかこわいところなのか？」

「田んぼの近くには、たいてい人間がいるからな」

「人間ってなんだ？」

「人間を知らないのか？」

カルはあきれたという顔をした。

「ぼくの生まれたあたりにはそんなのはいなかったから」

「それでよくこんなところで暮らしているな。人間はこのあたりにもときどき来るんだぞ！」

「そんなに危険なやつなのか？」

「とても危険だよ。今までにも数えきれないくらいの仲間が人間に捕まっているんだから」

「ふーん」

ぼくは人間の姿を想像してみた。そんなに危険な動物なら、とても大きな動物だろう。そして、鋭い牙《きば》のならんだ大きな口を持っているにちがいない。きっと動きも素早いだろう。鋭い爪《つめ》なんかも持っているかもしれない。

「もし人間に捕まったらどうなるんだ？」

「食べられるに決まってるだろ」

ハクがバカにしたように言った。

「おまえが、捕まえたフナやドジョウを食べるのと同じだよ。他に理由なんてあるか？」

「とにかく、人間がまわりにいるから、たいていの鳥はあまり田んぼには近づかない。その分、たくさんの鳥が食べ物を取り合っているこの湖とちがって、田んぼなら食べ物が捕り放題だ。だから、危険だけど行ってみる価値《かち》はある」

「だけど、大人はこわがるだけで行こうとしない。だから、ぼくらだけでこっそり行ってみようというわけさ」

「なるほど。それでみんなコソコソしてたのか」

「大人たちには言わないと誓《ちか》うなら連れていってやる。どうする？」

「よし、ぼくも行くよ」


しばらく飛ぶと、不思議な景色が見えてきた。きれいな四角に区切られた小さな沼のようなものが、たくさんならんでいる。それぞれの中には、みんな同じくらいの高さの草がきれいに生えそろっている。葦ともすこしちがう、見慣れない草だった。

「あれが田んぼなのか？」

「そうだ」

ホシがうなずいた。ぼくは空からまわりをながめた。むこうの山のふもとまでずっと四角い田んぼが続いている。見れば見るほど不思議な場所だ。

「あの田んぼっていうのはなんなんだ？」

「なにかは知らないけど、あちこちにあるんだ。そして、田んぼのまわりには、たいてい人間がいる」

「人間はああいう場所が好きなのか？」

「好きなんじゃないか？」

ハクが答えた。

「なぜか人間は、田んぼのまわりをなわばりにしていることが多いんだ」

「気をつけろ。このあたりはもう人間のなわばりだからな」

カルが小さな声で言った。

「いつ人間に襲《おそ》われても不思議じゃないぞ」

ぼくたちはしばらく周囲を旋回して、近くに人間がいないことを確かめてから、田んぼの中に降り立った。水は思ったより浅い。着地したとたんに、何匹かのカエルが逃げていくのが見えた。

「本当だ。カエルがたくさんいる！」

「ああ、食べ放題だぞ」

ぼくたちは競争するようにカエルを探し回った。田んぼの間にはところどころに小さな川が流れているところがあって、そこにもたくさんの小魚やカエルがいた。


「人間が来たぞ！」

突然、ハクが叫んだ。

「みんな、こっちへ来い！　隠《かく》れろ」

ぼくたちはあわてて草の茂みに飛びこんだ。みんなは地面に伏《ふ》せて隠れたけれど、ぼくは好奇心《こうきしん》に勝てず、おそるおそる頭を出してのぞいてみた。

「あれが人間……？」

田んぼのむこうを、不思議な姿をした動物が歩いていた。足が二本しかないので、鳥の一種なのだろうか？　でも、今までに見たどんな鳥ともまったく形がちがう。体には不思議な模様《もよう》があるが、鳥の羽とも獣《けもの》の毛ともなんとなくちがうような気がする。もっとよく見ようと首を伸ばそうとしたとき、カルに首の羽を思いっきりひっぱられた。

「痛いよ！」

「バカ。見つかったら痛いじゃ済まないんだぞ」

しばらく小声で言《い》い争《あらそ》ってからもう一度のぞくと、人間はもう林のむこうへ消えていくところだった。

「なにもせずに行ったみたいだけど？」

「ああ、そうなんだ」

ハクがやっと体の緊張《きんちょう》を解《と》いて、大きく伸びをしながら答えた。

「襲ってくることもあれば、見向きもせずに通りすぎるだけのこともある。べつになにもしないで、長い間ずっと俺たちをながめていることもある。あいつらのやることはいまいちわからない」

「でも、襲ってくるときは本当に恐《おそ》ろしいからな。念のため、姿を見たらいつでも警《けい》戒《かい》しておいて損《そん》はないだろ」

「ふーん」

ぼくは人間が歩いていった方向をながめたままで言った。

「でも、口も小さいし、それほど危険な動物には見えなかったけどな」

「見た目にだまされると生き残れないぞ」

ハクがからかうように言った。

「でも、あんなに遠くにいるのに逃げ回らないといけないのか?」

「ああ、あいつらのこわいところは、遠いからといって安心できないことなんだ」

「実は、ものすごく動きの素早い動物なのか?」

「いや……」

カルがちょっと首をすくめた。

「人間のやりかたは、他の動物とは全然ちがう。あいつらは、キツネやイヌのように直接飛びかかってくることはない。でも、なんだかよくわからない方法で遠くから俺たちを捕まえるんだ」

「遠くから？」

ぼくは、飛びかかりもせずに遠くから襲える方法をなんとか想像しようとした。ふだんは縮《ちぢ》めている首を突然伸ばしたりするんだろうか？

「どうやるのかまったくわからないけど、あいつらは突然大きな音を出して、遠くにいたりずっと高いところを飛んでいる鳥を、一歩も動かずに捕まえる力を持っているんだ。なにか長い棒《ぼう》を持っているときがとくに危険だという話もある」

「大きな音？　棒？」

ぼくは首を振った。すでに想像を超《こ》えている。

「網《あみ》とかいう、とても大きなクモの巣のようなものを投げつけて、動けなくしてから捕まえることもあるっていうけどな」

ホシが横から言った。これは、ぼくにもなんとか想像できた。

「じゃあ、人間ってクモの一種なのか？」

「さあな」

カルはちょっと笑った。

「とにかく、油断できないやつなんだよ」

「ふーん……」

ぼくは人間が歩いていったほうを見た。正直、ぼくには人間がそれほど危険な相手だとは思えなかった。

「みんなは、そんなことをされたことがあるのか？」

「あったら今ごろ生きているわけがないだろ」

「じゃあ、なんで知ってるんだ？」

「大人《おとな》から聞いたんだ」

「その大人はなんで知ってるんだろう？」

「人間に襲われて、運よく助かった鳥から聞いたって言ってた」

「それじゃ、助かる方法もあるのか？」

「ところがそううまくはいかない」

カルは首を振った。

「すぐ近くをならんで飛んでいたのに、片方は捕まって片方は助かったりする。捕まる鳥がどうやって決まるのか、まったくわからないんだ」

「つまり、運にまかせるしかないわけか」

「ああ。まあ、誰がやられるかわからないのはキツネに襲われたときでも同じだけど、キツネなら遠くにいる間に逃げればまちがいなく助かる。でも人間は、それこそ見える距離《きょり》なら、どんな遠くにいても安心はできない。だから……」

「おい、また来たぞ！」

ハクが叫んだ。ぼくたちはあわてて草の茂みに飛びこんだ。茂みの上にそっと頭を出すと、人間が遠くをさっきとは逆の方向に歩いていた。

「さっきのとは体の模様がちがうな」

「ああ。あいつらは、みんなそれぞれ体の色や模様がちがうんだ」

「ふーん」

ぼくがながめているうちに、人間はまっすぐ反対側の林に消えていった。

「またなにもしなかった」

「きっとおなかがすいていなかったんだろ」

ホシが伸びをしながら答えた。


結局、夕方になって湖に戻るまで、人間を見たのはその二回だけだった。いつもの木に戻ってからも、ぼくはしばらく人間のことについて考えた。

カルたちの言っていた、人間がとてもこわい動物だというのは本当なのだろうか。たしかに見たことのない不思議な動物だったが、いくら思い出してみても全然こわいという気がしない。ぼくは自分の直感を信じていた。危険なものは、はじめて見るものでもなんとなくこわかったし、実際にそれを信じることで何度も助かってきた。そして、その直感が人間は危険な存在ではないと告げているのだ。

しばらく考えて、人間には危険な人間とそうでない人間の二種類がいるのではないかと思いついた。カルたちが話していたのは肉《にく》を食べる危険な人間のことで、今日見たのは草を食べる危険でない人間だったのではないだろうか。

しかし、いくら考えても無駄《むだ》だった。正解はだれも知らないのだ。その夜、やっと人間のことを無理に頭から追い出すことに成功して眠りについたのは、空一面に星が輝きはじめてからだった。

その日から、カルたちに連れられてときどき田んぼに通《かよ》うようになった。人間は、一日に数回必ず姿を見せた。多い日は一日に十回以上やってくることもあった。そのたびにぼくたちは草の茂みに逃げこんだが、人間はいつもぼくたちには見向きもせずに通りすぎるだけだった。

何度か通ううちに、人間は危険な動物ではないのではないかという思いはますます強くなっていった。

その日、湖はとてもすいていた。いつものにぎやかな水鳥の大きな群れが別の湖に行ったらしく、とても静かだった。カルたちをしばらく探してみたが、その群れといっしょに行ったのか、どこにも見当たらなかった。ぼくは、思いきって一羽だけで田んぼに行ってみることにした。

いつもの田んぼでしばらくドジョウを探していると、人間が近づいてくる気配がした。でも、いつもどおり、こわいという気はしない。一瞬《いっしゅん》考えたあと、ぼくは隠れないことにした。人間が危険ではないというのは、もう確信になっていた。それに、もしぼくの直感がはずれていたとしても、今日なら危険な目にあうのはぼくだけだ。カルたちを巻《ま》きこむ心配はない。

人間がどんどん近づいてきたが、ぼくはわざと知らん顔をして食べ物を探しつづけた。横を通るときにチラッとこっちを見たような気がしたが、人間は立ち止まりもせずに通りすぎていった。人間の姿が完全に見えなくなってから、ぼくは大きく深呼吸した。大丈夫だと信じていたはずなのに、いつでも逃げ出せるように翼に力を入れていたことに気がついて、ちょっと苦笑《にがわら》いをした。

それから、ぼくは毎日のように田んぼに通うようになった。ときどき他の鳥が来ることもあったが、たいていの場合、食べ物を探しているのは広い田んぼの中でぼくだけだった。たくさんいるドジョウは、水が少なくてあまり逃げ回れないのか、湖の魚よりも簡単に捕まえることができた。調子のいい日は、たくさんのドジョウやカエルを捕まえられて、すぐにおなかいっぱいになった。

そのうち、目が覚めると直接田んぼに向かい、おなかがいっぱいになると湖で休憩し、夕方おなかがすいてくるとまた田んぼに行って食べ物を探すというのがあたりまえになっていった。湖へ行かず、田んぼで休憩しながら一日中人間をながめて過ごすこともあった。最初のうちは人間が通るたびに緊張していたけれど、しばらくするとすっかり慣れてしまって、あまり気にならなくなっていった。

ある日、いつものように田んぼの中で食べ物を探していると、いつものように人間がやってきた。しかし、その人間はいつもの通りすぎるだけの人間とはなんとなく様子がちがった。途中で立ち止まって、ずっとぼくのほうを見ている。

ぼくは緊張した。ついに、肉を食べる危険な種類の人間がやってきたのだろうか。でも、ぼくはすぐに体の力を抜いた。ぼくの直感は、あいかわらず危険な相手ではないと告げていた。

人間はしばらくぼくのほうを見ながらなにやらゴソゴソやっていたが、遠かったのでなにをしているのかはわからなかった。やがて、人間はさっき来たのと同じ方向へ戻っていった。なにをしに来たのだろう。たしかにカルの言うとおり、人間のやることはいまいちわからない。

その日以来、田んぼを通りすぎていく人間とは別に、立ち止まってしばらくぼくのほうをながめたあと、また戻っていく人間をときどき見かけるようになった。ぼくのほうを見ながらなにかをしている人間も多かった。近くで見てみたが、なにをしているのかはわからなかった。四角いものや棒のようなものを持っていて、それをぼくのほうに向けている人間も多かった。人間は長い棒で遠くの鳥を捕まえるというカルの話を思い出して、最初はすこし緊張したが、ぼくの直感は危険ではないと告げていたし、実際なんともなかった。カルたちの言っていた、大きな音というのも聞かなかった。

5　雪景色の中で

ある日、いつものように田んぼに向かったぼくは、見慣れない光景を見てびっくりした。田んぼに、大きな音を出す、見たこともないものが動いていた。大きな動物かと思ったが、動物の歩く音にしてはあまりにも変な音だ。そして、そのまわりに何人かの人間が集まっている。

ぼくの直感は、あれは大丈夫そうだと告げていたが、念《ねん》のためにずっと離れたところに降りた。しばらく見ていたが、変なものはいつまでもひとつの田んぼの中をぐるぐる回っているだけだったので、離れたところで食べ物を探す分にはあまり気にしなくてもよさそうだ。変なものはしばらく田んぼの中を走り回ったあと、いっしょにいた人間たちを引き連れてどこかへ行ってしまった。あとで遠くからのぞいてみると、田んぼ一面に生えていた草が、変なものが走っていた田んぼだけきれいになくなっていた。すると、あれは草を食べる動物だったのだろうか？

それから毎日のように、田んぼに変なものがやってくるようになった。ときにはいくつかが同時に現れることもあった。そして、それは必ず何人かの人間を引き連れていた。それはやってくると、ひとつの田んぼの中をぐるぐる走り回る。そして、その田んぼの中の草がすべてなくなると、また人間といっしょに帰っていった。

そうして、どんどん草のない田んぼが増えていった。それまではなんとなく避《さ》けていたが、ある日思いきって、草のなくなった田んぼに行ってみた。そしてぼくは、草のない田んぼのほうが自由に歩き回れて食べ物を見つけやすいことを発見した。

ある日の朝、ねぐらの松の木を飛び立って間もなく、ぼくよりもずっと高いところを、見たことのない鳥たちの群れが飛んでいるのに気がついた。その鳥たちはだんだん高度を下げてきていた。飛んでいる方向から見て、湖を目指しているらしい。そのときは、また湖に新しい鳥が来たのかと思っただけで、あまり気にしなかった。ぼくはその鳥たちの下をくぐり抜けるように飛んで、田んぼに向かった。

田んぼに着いてみて、ぼくはびっくりした。いつもはほとんど鳥がいない田んぼに、今日はたくさんの鳥が集まっていた。さっき飛んでいたのと同じ種類の鳥のようだ。さっき見た群れ以外にもたくさんいたらしい。

とりあえず、あいている田んぼを選《えら》んで着地した。たくさんの鳥がいるといっても、田んぼは広いので、鳥が一羽もいない田んぼも、まだまだたくさんある。適当《てきとう》にあいている田んぼを選んで食べ物を探すだけなら、とくに気にする必要はないだろう。ところが、ぼくが着地したとたん、となりの田んぼにいた鳥が一羽、ぼくのほうにやってきた。

「なんだおまえ。見かけない鳥だな」

「見かけない鳥はそっちだろう。ぼくは夏からずっとここにいるんだからな」

ぼくはすこしムッとして言い返した。その鳥はぼくよりすこし小さいし、足もくちばしも短い。つつき合いならなんとか勝てそうだ。

「ふん」

その鳥はぼくをジロジロ見回した。そして、わざとらしく深々《ふかぶか》と頭を下げた。

「それでは、田んぼの指導者《しどうしゃ》さま。我ら一同、ここで食べ物を探すことをお許《ゆる》しください」

「ぼくの田んぼじゃない」

ぼくはすこしイライラしてきた。

「勝手にすればいいだろ」

「おお、ありがたきお言葉、感謝《かんしゃ》します」

その鳥はニヤニヤしながら、また深く頭を下げた。

「ハシ、その鳥はなんだ？」

また別の鳥が何羽かやってきた。

「おお、お前たちもあいさつしろ。この田んぼの指導者さまだ」

「なるほど」

新しく来た鳥たちも、みんなニヤニヤしながらぼくをながめ回した。ぼくはその鳥たちを無視して、食べ物を探そうと反対を向いた。しかし、その鳥たちはぼくのすぐ前へ回りこんできた。

「クロと申します。私にも食べ物を探す許可《きょか》をたまわりたく存《ぞん》じます」

「私はダイと申します。私にもぜひ許可を」

「ドジョウが逃げるだろ。むこうへ行ってくれ！」

ぼくはイライラしてくちばしを振り回した。その鳥たちは笑いながら逃げていった。しばらくイライラして、ドジョウの気配に集中できなかった。

ハシたちは、顔を見るたびにぼくをからかいに来た。ぼくは、ハシたちを見つけたらさっさと遠くの田んぼに逃げることにした。やがて、食べ物を探している間もときどき顔を上げて、ハシたちが近くにいないか警戒するのがクセになってしまった。

ある日、いつものように田んぼでドジョウを探しているとき、ふと気がつくと、なんだか視界に小さなものがチラチラしていた。何度かまばたきしても消えない。顔を上げると、小さな白いものがたくさん、空から降ってきていた。

「あ、雪だ」

「雪が降ってきたぞ」

「もうそんな時期なのか」

まわりの鳥たちが口々に言っている。

「これが雪か」

見上げると、黒い雲の切れ間からすこし見える空は、赤く染まりはじめていた。

「もう夕方か……」

まだ、いまいちおなかがいっぱいになっていない。考えてみれば、前の日も同じことを言った気がする。そういえばその前の日も……。このところ、日ごとに気温が下がってきていた。そして同時に、食べ物がどんどん減ってきていた。いくらくちばしで泥の中を探っても、全然ドジョウやカエルの気配が感じられない。夏の間は休憩したり遊び回ったりするほど余裕があったのに、今は一日中休憩もしないで食べ物を探し回っても、おなかがいっぱいにはならない日が多い。

「これが冬か……」

冬になると、雨のかわりに雪という白いものが降ってくるようになる。そして、魚やカエルがどんどん少なくなっていく。お父さんやお母さんから何度も聞かされた話だったし、覚悟《かくご》はしているつもりだった。でも、毎日のように空腹《くうふく》でなかなか眠れないというのは、思った以上につらい。

「春まで、なんとかがんばるしかないか」

ぼくは大きなため息をつくと、田んぼを飛び立った。

ある日、寒さで目が覚めた。ぼくは見回してびっくりした。昇ったばかりの朝日を受けて、地面も木々も、あたり一面が真っ白に輝いていた。横の枝をおそるおそる突っついてみると、白いものがパラパラと落ちていった。その落ちていく感じには、なんとなく見覚えがある。

「ああ、これ雪か」

そういえば、前の夜から雪が降っていた。その雪がとけないで積もったらしい。それから雪が降るたびに、地面に積もる雪の量が増えていった。そして、とうとう田んぼ一面が雪におおわれて、どこに水があるのかわからなくなってしまった。水のないところを探してもドジョウはいないから、ドジョウを探す前に、まずは雪を掘《ほ》り返して水のある場所を探さなければならなくなった。雪を掘り返すのに時間がかかるので、ますます食べ物が見つけにくくなってしまった。

いつものように雪を掘り返しているとき、ふと顔を上げると、今日も人間がいた。

冬になって、ドジョウはなかなか見つからなくなってしまったが、そのかわり、人間の活動が活発になってきている。夏の間も、ときどきやってきて、しばらくぼくのほうをながめている人間がいたが、今はほとんど毎日人間がやってきた。たいていは何人かが群れでやってきて、ぼくのほうを見ながらなにか話し合っているようだ。ぼくはその中に、必ず一人の白い人間が混《ま》じっていることに気がついていた。

しかし、ぼくの直感はあいかわらず人間は危険ではないと告げていた。むしろ、人間がいる間はハシたちが警戒してからかいに来ないので、ぼくとしては大歓迎《だいかんげい》だった。

6　網の中で

田んぼの上まで来たとき、ぼくはなんだかいつもと様子がちがうのに気がついた。いつもの白い人間が、もう田んぼの中に立っていた。今日はずいぶん朝早くから来ていたようだ。他にも見たことのない人間が何人か、いっしょにいた。

そして、そこからすこし離れた田んぼの中に、何羽かの鳥が集まっていた。どうせ近づいてもからかわれるだけなので、ぼくはすこし離れた田んぼに着地した。しばらく雪を掘り返して食べ物を探しているうちに、むこうの田んぼにさらに別の鳥がやってきて、集まっている鳥の数がどんどん増えていった。

なにがあるのか気になって、ぼくはその田んぼのほうへ歩いていってみた。集まっている鳥の中にハシたちがいないことを確かめてから、となりの田んぼから首を伸ばしてのぞいてみた。雪の上になにやら黒いものがいくつかある。もうすこし近づいてみて、黒いものの正体《しょうたい》がわかった。雪の上には、何匹ものドジョウがいた。

「なんだこれ？」

びっくりして、思わず声を出してしまった。集まっていた鳥たちが、いっせいにぼくのほうを見た。

「なんだかわからないけど、今朝《けさ》からたくさんいるんだ」

近くにいた鳥が教えてくれた。大きくておいしそうなドジョウばかりだ。雪の下の水の中ならともかく、ドジョウが雪の上にいるなんて聞いたことがない。ちょっと変だとは思ったが、近くにいたドジョウを一匹、捕まえてみた。雪の上では逃げることもできないようで、簡単に捕まえることができた。このところまともな獲物が見つからなくておなかがすいていたので、ひさしぶりの大きなドジョウはとてもおいしかった。

しかし、ぼくにはドジョウをゆっくり味わう時間はなかった。ドジョウを飲みこんだとき、すこし離れたところにいる人間たちが視界《しかい》に入った。ぼくはすぐに気がついた。人間の様子がなんだかいつもとちがう。人間の群れのなかに不思議な緊張感が漂っているのを感じた。ぼくの頭の中で直感の声が叫んだ。

（ここは危ないぞ！　逃げろ！）

ぼくが顔を上げた瞬間、田んぼに今まで聞いたこともない大きな音が響いた。すぐ近くで雪煙《ゆきけむり》が舞い上がり、雪の下からなにか大きなものが飛び出してくるのが見えたような気がする。カルから聞いた、大きな音とともに襲ってくる人間の話が瞬間的に頭に浮かんだ。

あわてて翼を開いたとき、上からなにかがおおいかぶさってくるような気配を感じた。ぼくの頭の中でふたたび直感が叫んだ。

（飛ぶな！　上は危険だ！）

まわりの鳥たちが次々と飛び立つ音が聞こえたが、ぼくはそのまま地面を走った。田んぼの端近くまで走ってから、ようやく飛び上がった。うしろで鳥の悲鳴が聞こえた。でも、なにが起きているのか振り返って確かめる勇気《ゆうき》は、ぼくにはなかった。

まだおなかはすいていたが、のんびり食べ物を探す気にはなれなかった。ぼくはまっすぐにいつもの松の木に戻った。しばらく体のふるえが止まらず、枝に止まっているのが精いっぱいだったが、ふるえるくちばしで無理に羽を整えているうちにすこし落ち着いてきた。

襲ってきた人間たちの中にいた白い人間は、たぶんいつもやってきてはぼくをながめていたのと同じ人間だ。今まですぐ近くにいても黙《だま》って見ているだけだったのに、なぜ突然襲ってきたのだろう? どうやら、危険な人間と危険でない人間がいるという推測《すいそく》はまちがいだったみたいだ。それでは、人間は季節《きせつ》によって食べ物を変え、夏は草を食べ、冬は肉を食べる習性《しゅうせい》があるのだろうか。それとも……。

そこでぼくは突然思いついた。そうだ。ぼくも冬になってから食べ物が減って困っているんだ。それは人間も同じにちがいない。人間も今ごろ、食べ物がなかなか手に入らなくなっておなかをすかせているのだろう。だから、夏の間は見ているだけだったぼくたちを、やっぱり捕まえて食べることにしたのではないか？

他にいい考えも浮かばなかったので、とりあえずそれで納得《なっとく》することにした。

あの、悲鳴を上げていた鳥は、どうなったんだろう。きっと今ごろ、人間たちに引《ひ》き裂《さ》かれて食べられているにちがいない。明日田んぼに行ったら、雪の上一面に羽や血が飛び散っていたりしたらどうしよう。頭の中で勝手にこわい想像がどんどんふくらんでいって、その夜はなかなか眠れなかった。

次の日の朝、おそるおそる田んぼに行ったぼくが見たのは、いつもとまったく変わらない、たくさんの鳥が食べ物を探して歩き回る平和な田んぼの風景だった。ほっとして着地したとき、みんなの視線がぼくに集中した。

「よう。おまえ、よっぽどおいしいらしいな」

「なにが？」

またいつものメンバーがからんできた。

「ほら。あれ見ろよ」

指されたほうを見ると、ひとつの田んぼにたくさんの鳥が集まっている。群れの真ん中に一羽の鳥がいて、みんなでその鳥の話を聞いているようだった。

「あいつ、昨日おまえの横にいて、人間に捕まったやつだぜ」

「生きてたの？」

ぼくはびっくりして思わず叫んだ。ハシはニヤニヤしながら言った。

「人間は、なにもしないですぐに逃がしてくれたらしいぜ。人間がねらっているのはおまえだけで、『他の鳥はどうでもいい』って言ってたってよ」

「おれたちも人間の好物《こうぶつ》だってことにはわりと自信あったんだが、おまえには負けたみたいだな」

横からクロが言った。他の鳥たちも、いっせいに笑った。
ハシたちは、それからもしばらく、前の日に人間に捕まった鳥やぼくのことをおもしろおかしく話してはみんなで大笑いしていた。ぼくは無視して雪の下のドジョウを探しはじめた。しかし、人間がぼくだけをねらっているといううわさはすでに田んぼ中に広がっているらしく、どこへ行ってもたいていぼくをジロジロ見ながらなにかを小声《こごえ》で話し合う鳥がいた。なんとか気にしないようにしようとしたが、どうしても食べ物探しに集中できなかった。ぼくは田んぼをあきらめて、ひさしぶりに湖に行ってみることにした。

湖には、まだぼくのうわさは広がっていないようだった。ぼくは安心して魚を探しはじめた。魚は、寒さで動きが鈍《にぶ》くなっているようで、見つけさえすれば捕まえるのは簡単だった。ただ、なかなか見つけることができなかった。魚がいそうな葦の茂みの近くにはもう他の鳥の群れが集まっていた。

「こっちへ来るなよ」

ぼくが葦の茂みに近づいていくと、一羽がぼくをにらんだ。

「いいじゃないか。ちょっとくらい入れてくれても」

「ここは俺たちの場所だ。俺たちの群れ以外は入れないんだ」

「湖は誰のものでもないから、自由にしていいって聞いたけど……」

「うるさい、出ていけ！」

その鳥は近づいてくると、ぼくの体を突っついた。

「痛い！」

「だったらさっさと出ていけよ」

「そうだ、出ていけ」

「ここには、おまえにやる魚なんてないからな」

周囲の他の鳥たちもぼくをにらんで口々に叫んだ。これでは、ぼく一羽だけではどうにもならない。ぼくは、しぶしぶ葦の茂みを離れた。

葦の茂みから離れて、ぼくはため息をついた。ぼくにもあれくらいの群れがあれば、あんなふうにみんなで力を合わせて茂みを占領《せんりょう》できるかもしれないのに。どうしてぼくには群れがないのだろう？

考えるまでもなく答えは出た。ぼくには仲間が一羽もいないのだ。カルたちのようなちがう鳥の群れに入れてもらっていたことはあるが、沼を出たあの日以来、一度も同じ種類の仲間には会っていない。ぼくの仲間はどこにいるんだろう？　やっぱり沼に戻って、お父さんやお母さんやアキたちと群れをつくって暮らすべきなんだろうか。

魚のたくさんいそうなところはみんな群れがなわばりをつくっていて、近づこうとすると、どこでも追い出されてしまった。

結局、その日は一日中湖を歩き回って、なんとか小さな魚を二匹捕まえられただけだった。それから何日か湖に通ったが、一日中休まないで食べ物を探し回っても、おなかがいっぱいになることはなかった。

これなら、田んぼのほうがまだたくさんの食べ物を捕まえられる。やがてぼくは空腹に負けて、再び田んぼへ向かった。

慎重に人間がいないことを確かめてから田んぼに着地すると、まわりの鳥たちがいっせいにぼくのほうを見た。でも、みんなはまたすぐに食べ物を探しはじめた。冬は食べ物が少ないのだ。みんな自分が食べるだけで精いっぱいで、いつまでもぼくのことをうわさしている余裕はないのだろう。そのとき、ぼくのおなかが鳴った。ぼくもあわててくちばしを雪に突っこんだ。

それから何日かは、とくになにも起こらず無事に過ぎていった。ときどきぼくのほうを見て小声で話している鳥もいたが、ぼくももう慣れてしまって、そのくらいなら気にならなくなっていた。

田んぼでは、おなかいっぱいとはいかないまでも、湖よりもたくさんの食べ物が見つかった。とくに田んぼは、湖のように食べ物のあるところとないところがはっきり分かれていない。だから、適当にすいているところに行って探せば、たいてい小さなドジョウの一匹くらいは見つかった。だから、他の鳥たちと場所をめぐって争う必要がないのがなによりうれしかった。

ある朝、目が覚めると、しばらく降りつづいていた雪がやんで、空は快晴《かいせい》だった。ぼくはひさしぶりに広がった青空に舞い上がり、いつものように田んぼを目指した。田んぼの様子も、いつもと変わりなかった。何羽かの鳥が、ゆっくり歩き回りながら雪を掘り返している。ぼくもすいている田んぼを見つけて着地すると、さっそく食べ物を探しはじめた。

そのとき、視界の端に小さく人間の姿が映った。人間はずっと遠くにいたが、なんとなくいやな感じがした。ぼくの直感も、逃げたほうがいいと告げていた。

田んぼに大きな音が響いた。その音には聞き覚えがあった。いつか人間に捕まりそうになったときと同じ音だ。雪煙が上がって、上からおおいかぶさってくる気配もこの前と同じだ。ぼくは急いで田んぼの端まで走った。そろそろ飛んでも大丈夫だろうと翼を広げた瞬間、再び大きな音が響きわたった。そして、ぼくのすぐ前で雪が舞い上がり、次の瞬間、ぼくの視界は大きなクモの巣のような網でいっぱいになっていた。

ぼくは足と翼の力を同時に使って素早く向きを変え、別の方向に飛び上がろうとした。しかし、そのとき直感の声が聞こえた。

（だめだ。逃げられない）

頭の中に聞こえた直感の声には、いつものような元気はなかった。ぼくの直感が事《じ》態《たい》の解決方法を教えてくれなかったのは、このときがはじめてだった。

網が上からおおいかぶさってきて、ぼくは雪の上に押しつけられた。なんとか逃げられないかと網を噛《か》んだりひっぱったりしてみたが、網は葦の茎《くき》よりずっと細いのにとても丈夫で、切れることはなかった。なんとか網の外へ出られないかと翼を動かしたり体をよじったりしてみたが、どうにもならなかった。

間もなく何人かの人間がやってきて、ぼくを取り囲《かこ》んだ。ぼくはここでこの人間たちに食べられるのだろうか？　人間の口はずいぶん小さいから、ぼくを丸飲《まるの》みにはできないだろう。きっと噛みちぎるか引き裂くかして食べるのにちがいない。そのときはどんな気分なんだろう……？

そのとき、ふと思いついた。網がかぶさったままでは人間も食べにくいから、食べるときには網をはずすだろう。うまくいけば、そのとき逃げるチャンスがあるかもしれない。

人間に体を触《さわ》られたり、なんだか背中がチクッと痛かったりしたが、ぼくは気にしないで一瞬のチャンスを待った。やがて人間は網をはずしはじめた。

——今だ！

ぼくは力いっぱい暴《あば》れて人間を振りほどこうとした。ところがそのとき、ぼくは自分の体の異変《いへん》に気がついた。体が動かない。それに、こんなときなのに、なんだかすごく眠くなってきた。自分になにが起きたのか、理解できなかった。ただ、ひとつ理解できたことは、すべては終わったということだけだった。

ぼくは、今ここで死ぬんだ。そう思うと、涙があふれてきた。見上げると、網のむこうには、澄みきった青空が広がっていた。さっきまではすぐそばにあった空が、今はなんて遠いんだろう。空の青さをしっかりと目に焼きつけてから、ぼくはゆっくりと目を閉じた。

7　金網の中で

それから、どのくらいたったのだろう？

心臓《しんぞう》の鼓動《こどう》を、はっきりと感じた。

「まだ生きてる……！」

ぼくは、ゆっくりと目を開けた。そこには、妙《みょう》にかすんだ色の青い空があった。やがて目の焦点《しょうてん》が合ってくると、かすんでいる理由がわかった。ぼくと青空の間には、四角形が規則《きそく》正しくならんだ金網《かなあみ》が立ちふさがっていた。ぼくは目を動かしてまわりを見回した。そこは、金網に囲まれた空間だった。どうやらまだ食べられてはいないようだ。ちょうどあの人間はおなかがすいていなかったので、しばらく置いておくつもりなんだろうか？

「おっ、気がついたみたいだぞ」

突然、すぐうしろで人間の声が聞こえた。ぼくはあわてて飛び起きた。いや、飛び起きようとしたが、できなかった。足と翼がすこし動かせただけだった。

「まだ、麻酔《ますい》から覚《さ》めきってないようですね」

目だけを動かしておそるおそるうしろを見ると、白い人間と黒い人間が、金網越しにぼくを見つめていた。白い人間のほうは、見覚えのある顔だった。何度かぼくを捕まえようとした人間たちのうちの一人だ。

人間がなにを言っているのかよくわからないが、今はそんなことはどうでもよかった。金網のむこうといっても、首を伸ばせばつつけるくらいの距離に人間が立っているのだ。ぼくは、人間から離れようと必死にもがいた。

しばらくもがいているうちに、すこしずつ体が動くようになってきた。なんとか立ち上がって金網の一番奥までふらふらしながら歩いていった。人間の様子をうかがったが、二人とも金網の中へ入っては来ない。金網の外側からじっとぼくを見つめているだけだ。いくら人間でも、金網越しにぼくを食べることはできないだろう。すこしホッとすると力が抜けて、ぼくはその場に座りこんでしまった。

ぼくはいったん人間から目をそらして、あたりを見回した。どちらも金網に囲まれているが、中はぼくが飛び回れるくらいの広さはある。天井《てんじょう》だけは金網ではないようで、真上には空が見えない。そして、いろいろな高さのところに、横に渡した木の棒や台があった。金網の三方《さんぽう》はそのまま野原に面《めん》していた。もう一方は、すぐ前に白い壁《かべ》があってなにも見えない。

しばらくして、体がだいぶ動くようになってきた。翼を開いてみて、これなら飛べると確信したぼくは、さっきから目をつけていた棒の上に飛び上がった。この棒は人間の背《せ》より高い位置にある。ここなら簡単には捕まえられないだろう。

やがて、二人の人間はどこかへ行ってしまった。まだ食べないのだろうか？　ぼくは、カルたちが、人間はなにを考えているのかわからないと言っていたことを思い出した。

人間の気配がなくなったので、ぼくはなるべく音を立てないように気をつけながら、床や横に渡してある木の上を、金網にすきまがないかどうか調べながら飛び回った。しかし、どこにもぼくが逃げられそうなすきまは見つからなかった。

空が夕焼けに染まり、やがて星がまたたきはじめた。こんな人間の目の前で眠るわけにはいかないと自分に言い聞かせながら、ぼくは台の上を歩き回った。しかし、その日はいろいろなことが起こりすぎた。いつしか足が動かなくなり、ぼくはそのまま眠ってしまったようだ。


目が覚めると、ぼくの乗っていた台の上に朝の光が射しこんでいた。金網のむこうで、昇ったばかりの太陽が輝いている。ぼくは数歩歩いて太陽の光の中に入った。昨日はもう二度と見ることはできないとあきらめていた太陽の光を浴《あ》びているうちに、目に涙があふれてきた。

ひと晩《ばん》寝れば、人間もきっとおなかがすいてきたにちがいない。間もなくぼくは引き裂かれて人間に食べられるだろう。今度こそ、太陽は見おさめだ。

やがて、人間が近づいてくる気配を感じた。いよいよダメか。こんなせまい場所で人間から逃げきれる可能性はない。せめて最後まで精いっぱいの抵抗をして、恥《は》ずかしくない最期《さいご》を迎えようと思ったけれど、どんなに力を入れても、体がふるえるのを止めることができなかった。

人間が入ってきた。飛びかかってくるつもりか？　それとも、また網を投げてくるのか？　あるいは、カルたちの言っていた大きな音の出る棒で襲ってくるのか？

ぼくは、いつでも飛び上がって逃げられるように身構《みがま》えながら、人間の様子をうかがった。しかし、人間はしばらくぼくをながめたあと、持っていた入れ物を床《ゆか》に置いて、そのまま出ていってしまった。

入り口の金網が閉まったとたん、ぼくは全身の力が抜けて座りこんでしまった。一日飛びつづけたかというくらい、全身に汗《あせ》が噴《ふ》き出していた。

　何度も深呼吸を繰り返しているうちに、やっと落ち着いてきた。そのとき、ぼくは人間が置いていった入れ物が気になった。あれは、なにかの罠《わな》だろうか。ぼくは金網のむこうに人間の気配がないのを確かめてから、入れ物のちょうど真上にあった木に飛び移った。おそるおそるのぞきこんで見ると、中には水が入っていて、その中になにか黒いものが動いているのが見えた。

　それがなにかは、すぐにわかった。ドジョウが数匹、入れ物の中で泳いでいたのだ。これはどういうことだろう。ぼくに食べろということか？　いや、せっかく捕まえた獲物になんの理由もなくわざわざ食べ物を持ってくるはずがない。あれはきっと、なにかの罠だ。あのドジョウを食べると、きっとなにかひどい目にあうにちがいない。ぼくは、ドジョウを無視することにした。

　その日の日中は、なにも起こらなかった。人間が何度か近づいてくることはあったが、金網の外からしばらくながめているだけで、中へ入ってくることはなかった。あらためてゆっくりと時間をかけて金網をすみずみまで調べてみたが、どこにも逃げ出せそうなすきまは見あたらなかった。ぼくは一日中、羽づくろいをして無理に自分を落ち着かせながら過ごした。

夕方、いつもの白い人間が、網の中に入ってきた。今度こそぼくを食べに来たのか？　ぼくはまた台の上に飛び上がって身構えながら、人間の動きに全神経を集中させた。しかし、人間はドジョウの入った入れ物を持ってすぐに出ていった。金網の外にもう一人の人間がいた。

「一匹も食べていませんね」

「人間を警戒しているんだろう。しばらくは食べてくれないかもしれないな」

「ドジョウ以外も試《ため》してみましょうか？」

人間の言葉はわからないが、ぼくのことを話し合っているのだということだけはなんとなく理解できた。二人はしばらくぼくをながめたあと、行ってしまった。

ぼくは緊張が解けて座りこみながら考えた。どうして人間は、ドジョウを持ってきたのだろう？　やっぱりなにかの罠だろうか。それともなにか事情があって、しばらくはぼくを食べないで生かしておくつもりなのか。それとも、すこしでも太っていたほうがおいしいから……？

次の日からも毎日、人間は朝、金網の中に入ってきて入れ物を置き、夕方また入ってきて入れ物を持っていくということを繰り返した。そのとき以外にも一日に何度か人間が来ることはあったが、金網に入ろうとはせず、外からぼくをながめるだけだった。ぼくが弱っていると気がついたら、人間は襲ってくるかもしれない。本当は疲労《ひろう》と空腹でフラフラしているのを必死に隠しながら、人間が見えるところにいるときだけは、胸を張って身構えた。

人間が持ってくる入れ物の中にはいつもドジョウやカエルが入っていた。ぼくは木や金網を噛んで空腹で痛くなってきた胃《い》を無理矢理なだめながら、おいしそうなにおいを必死に無視しつづけた。

それから何日たっただろうか。もうがまんは限界《げんかい》だった。ぼくはドジョウが入っている入れ物を横目でにらみながら考えた。あのドジョウがもしなにかの罠だったとしても、それを食べずにがまんする意味があるだろうか。罠にはかからなかったとしても、どうせぼくはこの金網から逃げられないのだ。あるいは、人間はなにかの事情があってぼくをしばらく生かしておきたいだけで、あのドジョウは罠ではないかもしれない。このまま餓死《がし》するくらいなら、罠ではない可能性に賭《か》けて、食べてみたほうがいいのではないか。生きてさえいれば、もしかしたらいつか逃げ出すチャンスがあるかもしれない。いつか逃げるチャンスが見つかったとき、おなかがすいて飛べないのでは意味がない。むしろ、ここはしっかり食べて体力をつけながら、逃げるチャンスを探すほうが利口《りこう》ではないのか……？

ちょうどそのとき、ドジョウがはねた水音が聞こえた。それを聞いた瞬間、もともと空腹でぼんやりしていたぼくの頭は、真っ白になった。もうどうなってもいい。食べてしまおう。決心するのに時間はかからなかった。

ぼくは、近くに人間の気配がないことを確かめてから、ゆっくりと床に降りた。慎重に一歩一歩入れ物に近づいてみるが、とくに危険そうな様子はない。入れ物のまわりを何度か歩き回ってみたが、なにか罠が隠してありそうな様子もなかった。

ぼくは、なるべく遠くから、精いっぱい首を伸ばして入れ物をつついてみた。不思議な軽い音がしたが、別になにも起こらない。ぼくはさらに慎重に数歩近づくと、中をのぞきこんだ。中にドジョウが二匹入っているのが見えた。ぼくは大きいほうのドジョウをくわえると、急いで入れ物を離れ、台の上に戻った。

くわえてきたドジョウを台の上に置いて、しばらく様子を見た。ドジョウは、台の上でうねうねと動いている。いつも湖や田んぼで捕まえていたドジョウとまったく同じだ。ぼくはドジョウをくわえ直すと、思いきって頭から飲みこんだ。

しばらく待ってみたが、体はなんともなかった。どうやら大丈夫のようだ。ぼくはもう一度床に降りると、また慎重に一歩ずつ入れ物に近づいた。もう一匹のドジョウをくわえると、急いで台に戻った。しばらくドジョウの様子を見て異常がないのを確かめると、頭から飲みこんだ。

ぼくはすこしホッとした。長い間食べなかったあとで、ドジョウ二匹ではまだ満腹とはいかなかったが、空腹で痛かった胃がすこし落ち着いた。

生き返ったような気分で羽づくろいをしていると、人間が近づいてくる気配がした。ぼくは台の上で身構えたが、人間は空《から》になった入れ物を持ってすぐに出ていってしまった。

ぼくが羽づくろいの続きをしていると、また人間の気配が近づいてきた。台の上から金網の外をのぞくと、いつのも白い人間と、ぼくがはじめてここへ来たときに見た黒い人間が、二人でこちらへ歩いてくるのが見えた。二人は金網の前で立ち止まると、ならんでぼくをながめた。

「やっと食べてくれたようだな」

「ええ。とりあえずひと安心ですね。まだかなり警戒しながらですが」

二人はぼくをながめながら、長い間なにかを話し合っていた。

人間は、必ず朝と夕方にドジョウの入った入れ物を持ってきた。フナやカエルが混じっていることもあった。ぼくは必ず人間の気配が消えるのを待ってからそっと入れ物に近づき、中のドジョウやカエルを床に置いてしばらく観察し、異常がないことを確かめてから食べた。

あいかわらず人間はぼくを食べる様子はなく、ドジョウの入れ物を置くとき以外は金網の外からながめているだけだった。そんな日がしばらく続いた。

8　ユウユウのとなりで

その日は突然やってきた。

いつものようにドジョウを三匹食べたあと、ぼくの定位置《ていいち》となった一番高い止まり木の上で羽を整えていたとき、なんとなくいつもとちがう雰囲気《ふんいき》に気がついた。なにがちがうのか自分でもよくわからないが、なにかがいつもとはちがう。じっと耳を澄ませていると、やがて大勢《おおぜい》の人間たちが近づいてくる音が聞こえた。

全身から汗が噴き出すのを感じた。いよいよ『その時』が来たんだろうか。ぼくはなんとか体がふるえるのを止めようと全身に力を入れながら、今までずっと考えつづけていたことをもう一度復習《ふくしゅう》した。

最後の最後まで、なんとか逃げられるチャンスを探しつづける。どうしても逃げられないときは……、そのときは潔《いさぎよ》く、泣き叫んだりジタバタしたりしないで、『やれるだけのことはやった、今まで精いっぱい生きてきたんだ』と胸を張って、誰に見られても恥ずかしくない最期を迎えよう。

でも……、本当にできるだろうか？

人間たちが金網のすぐ前まで来たとき、ぼくはその中に、二人がかりで大きな箱《はこ》をかかえた人間がいるのに気がついた。

人間はその箱を金網の中に運びこむと、箱の扉《とびら》を開けた。中からちょっとためらいがちに首をのばしたのは、ぼくと同じくらいの年のメスだった。ぼくはなにが起きたのか理解できず、止まり木の上からぼんやりと見下ろしていた。彼女は、箱から出てしばらく周囲を見回していたが、ぼくに気がつくと、飛び上がってきてとなりにとまった。

「はじめまして。ユウユウです。よろしく」

「あ、えっと……」

いきなり予想外の明るい声であいさつされて、ぼくは戸惑《とまど》った。

「あ、あの、コウです」

彼女はクスッと笑った。

「そんなに緊張しなくても大丈夫よ。べつにあなたを取って食べるつもりはないから」

「あ、いや。君じゃなくて、人間が食べにきたのかもしれないと思ったんだ」

ぼくはちょっとためらってから、聞いてみた。

「君も、どこかで人間に捕まったの？」

彼女は、一瞬なんのことかわからないような顔をした。

「あ、そうか。あなたはたしか、最近まで野生《やせい》だったんだっけ。人間が、なんのためにあなたを捕まえたのか、まだ聞いてない？」

「捕まってからは、ずっと一羽だけだったから。湖にいたとき、まわりの鳥から『食べるためだ』って聞いたけど……」

「それを信じて、今までずっとそんなに緊張しながら暮らしてたの？」

「うん。ちがうの？」

彼女は、一瞬あきれたような顔をしたあと、すぐに真剣《しんけん》な顔に戻って言った。

「人間は、私たちを食べるつもりはないわ。むしろ、私たちを守ってくれているのよ」

予想外の言葉で、しばらく意味が理解できなかった。

「守るって、どういうこと？」

「私たち、とても仲間が少ないんですって。だから、人間はなんとかして私たちの仲間を増やそうとしてくれているのよ。ここは保護《ほご》センターといって、私たちが安心して子供を産《う》めるように特別に用意された場所なの」

「でも、それまで見てるだけだった人間が、雪が降りはじめたら急に捕まえようとしはじめたんだ。冬になって食べ物が少なくなってきたので、ぼくを食べようと思ったんじゃないの？」

ユウユウはちょっと考えてから言った。

「あなた、捕まる前に、なにかに困ってなかった？」

「困ってたって……」

ぼくは、人間に捕まる直前の生活を思い出してみた。

「冬になってから、食べ物がなかなか見つからなくなって大変だったくらいかな」

「たぶんそれよ。ただでさえ数が少ないんだから、あなたが飢え死にしちゃったら人間も困るのよ。ここにいれば、食べ物には困らないでしょ？」

「そりゃまあ、毒《どく》が入ってなければ……」

「入ってるわけないでしょ。もともとあなたに生きてほしくて持ってきているんだから」

そのとき、人間が近づいてくる足音が聞こえた。

「ほら、言ってるそばから、さっそく食事の時間よ」

人間が、入れ物をふたつ持って入ってきた。ユウユウはなんのためらいもなく床に飛び降りると、人間のほうに歩いていった。ぼくはユウユウが人間に噛みつかれて暴れているところを想像して、思わず目を閉じた。でも、いつまでたってもユウユウの悲鳴は聞こえない。おそるおそる目を開けると、ユウユウは人間のすぐ目の前で、平《へい》然《ぜん》と入れ物に顔を突っこんでいた。

「あ、危ないよ……」

ユウユウはひょいと入れ物から顔を上げると、こっちを振り返った。

「大丈夫だって。早く来ないと、あなたの分も食べちゃうわよ」

人間は、すぐ目の前で警戒もせずに入れ物に顔を突っこんでいるユウユウを、なにもせずにただながめている。

(あの人間は大丈夫……かもしれない)

そのとき、ひさしぶりに頭の中に声が聞こえた。ぼくはようやく、それまで直感の声を聞く余裕がなくなっていた自分に気がついた。仲間ができたことで、すこし気持ちに余裕が出てきたのだろう。でも、ぼくの直感もまだ、ユウユウの話が本当かどうか迷っているようだ。

間もなく、人間は金網の外へ出ていった。ぼくはいつものように警戒しながら一段ずつ低い止まり木に移っていった。人間が十分に金網から離れたのを確認してから床に降りたころには、ユウユウは片方の入れ物の中身をほとんど食べ終わっていた。ぼくがいつものようにドジョウを一匹ずつ入れ物から出して床に置き、異常がないか確かめてから食べるのを、ユウユウはあきれたというより興味しんしんという顔でながめていた。

食べ終わるとすぐ、ぼくはいつもの一番高い止まり木に戻った。ユウユウもやってきて、ぼくのとなりに止まった。

「あなた、さっきからずっとここにいるよね。お気に入りの場所なの？」

「この高さなら、人間には届《とど》かないからすこしは安全かと思って……」

「だから、何度も言ってるでしょ。この中ならどこでも安全だって。私が言うんだからまちがいないわ」

「なんで君が言うとまちがいないの？」

「だって……」

ユウユウはちょっと笑った。

「私、この保護センターで生まれたんだもの」

「生まれたのは、木の上の巣じゃないの？」

「こことよく似た、〝ケージ〟の中の巣よ。保護センター生まれの保護センター育ち。そして、私のお父さんとお母さんも保護センター生まれの保護センター育ち」

ぼくはびっくりした。そんな鳥がいるなんて、今まで想像したこともなかった。

「でも、〝ケージ〟ってなに？」

「こんな場所のこと」

ユウユウはくちばしをぐるっと回した。

「ぼくたちを閉じこめておくところ？」

「ちがうわ。こわい動物が入ってこられないように囲《かこ》んであるところ」

ユウユウは笑った。

「ねえ、それより、あなた最近まで野生だったんでしょ？」

ユウユウはあらためてぼくのほうを見た。

「私は保護センターで生まれたから、野生の暮らしって、やったことないの。どんななのか教えてよ」

ぼくは彼女に、これまでのことを話した。高い松の木の上の巣と、二羽のきょうだいのこと。きょうだいで奪い合って食べるドジョウの味。ぼくの目の前で大きな鳥に連れ去られた弟。大変だった飛行訓練のこと。お父さんやお母さんと別れて旅立った朝のこと。どこまでも続く青空と白い雲。夕日に染まる山々や田んぼ。湖で出会った鳥たち。そして、網の中から青空を見上げる絶望感。ユウユウはどの話もよろこんで聞いてくれたが、生まれたときから人間に囲まれて育った彼女には、人間への恐怖《きょうふ》だけはどうしても理解してもらえなかった。

彼女は逆に、保護センターでのことを話してくれた。台の上の巣ときょうだいのこと。巣から落ちた兄と、大あわてで駆《か》けつけてきた人間たち。やっとケージの端から端まで飛べるようになった日のこと。ケージに入ってきた人間をつついて逃げるいたずら。今までぼくには想像もできなかったような内容ばかりで、とてもおもしろかった。

その夜、ぼくたちはお互いのこれまでの暮らしについて、夜遅くまでたくさん話をした。

「ほら、起きて。もう朝よ」

「ん……」

ぼくはすこし目を開けた。目の前には、ぼんやりとなにやら見慣れない物体《ぶったい》が……。

何度かまばたきをして目の焦点が合ってきたとき、物体の正体がわかった。ユウユウがぼくの顔をのぞきこんでいたのだ。

「あれ……。ここは、まだ夢の中かな？」

「まだ寝てるつもりなの？」

ユウユウの笑い声で、ぼくはやっと頭がすっきりしてきた。

「ああ、そうだった」

ぼくはまわりを見回しながらつぶやいた。

「仲間の声で目が覚めるなんてずいぶんひさしぶりだ」

「そうかもしれないけど、これからは毎朝そうなるのよ」

ユウユウは元気な声で言った。そして、舌を出してつけ加えた。

「ただし、私より先に起きなければね」

「ああ、それは心配ないな」

ぼくはあくびをかみ殺《ころ》しながら答えた。

「いつも、食べ物を運んでくる人間の気配にびっくりして飛び起きるまでは、目が覚めないから」

ユウユウは笑った。ぼくもつられて笑った。前に本当に心から笑ったのはいつのことだっただろう……そんなことを考えていたとき、ちょうどドアの開く音がして、廊《ろう》下《か》を近づいてくる足音が聞こえてきた。

間もなく、いつもの人間が入れ物を持って入ってきた。ユウユウは食べながら何度もぼくを呼んだけれど、ぼくは人間がケージから出ていくまで一番高い止まり木の上から動けなかった。ユウユウは大丈夫だと言うけど、そう簡単には変われない。

ドジョウを食べ終わったあと、ぼくはいつもの一番高い止まり木の上で羽づくろいをはじめた。ユウユウもぼくのとなりに止まって羽づくろいをはじめた。

ぼくがひと通り羽を整え終わって大きく伸びをしているとき、ユウユウがぼくを見て言った。

「ねえ。もう終わりなの？」

「え、なにが？」

「羽づくろいよ。まだところどころ乱れているじゃない」

ぼくは自分の体を見回した。

「大丈夫だよ。このくらいなら十分飛べるから」

「飛べればいいってものじゃないでしょ。こういうのは身だしなみの問題なのよ。お兄ちゃんもそうだったわ。どうして男の子ってみんなそうなのかしら」

ユウユウはぼくのすぐ横へやってきた。

「私がちゃんと整えてあげる。ほら、翼を開いて！」

ユウユウはくちばしを差しこんで無理に翼を開かせると、羽をひっぱりはじめた。

他の鳥に羽を整えてもらうなんて、小さいときにお母さんにやってもらって以来だ。

ぼくはくすぐったいのをがまんしてユウユウに身をまかせた。落ち着くようなドキドキするような、不思議な気分だった。

夜中に突然目が覚めた。夢を見ていたような気がするが、どんな夢だったのか思い出せない。どうせ、また人間に追いかけられる夢だろう。まだ、まわりは真っ暗だった。外には満月《まんげつ》が輝いている。朝まではまだしばらく時間がありそうだ。となりでは、ユウユウがかすかな寝息を立てている。

月明かりに照らされたユウユウの寝顔をぼんやりとながめているうちに、ぼくはなんとなく変な気分になってきた。それまでユウユウに対して持っていた「ひさしぶりに会った仲間」や「同じケージで暮らす仲間」とはまったくちがう感情が、体の奥《おく》から湧《わ》き上がってくるような気分だった。なんだかユウユウがとても大切なものだと思えて、理由もなく胸がドキドキしはじめた。

ぼくは、しばらく眠ることもできないまま、ユウユウの寝顔をながめていた。

「ねえ、コウ。私たち、もうすぐ繁殖期《はんしょくき》よね」

その日の朝、ユウユウが突然言い出した。

「あ、ああ、そうだね」

ぼくはユウユウを見た。いや、正確には顔をユウユウのほうに向けた。でも、なんとなくユウユウをきちんと見ることができなかった。

ぼくはおそるおそる、昨夜《ゆうべ》ユウユウの寝顔をながめながら考えたことを口に出してみた。

「あの、やっぱりぼくたち、結婚するべきなのかな？」

「もちろんそうよ」

ユウユウは、あっさりと答えた。

「私は、そのためにここに来たんだから」

そして、ぼくのほうを見てニコッと微笑《ほほえ》んだ。

「でも、相手があなたでよかったわ。やっぱりいやな相手とは結婚したくないもの」

ユウユウはまっすぐにぼくの顔を見た。

「あなたはどうなの？　私とは結婚したくないの？」

「そんなことないよ。いや、むしろ、ぜひ……」

ぼくはあわてて答えた。体が熱くなって、汗がにじんでいた。ユウユウは笑って言った。

「じゃ、決まりね」

そのとき、ぼくは突然お父さんの言葉を思い出した。お前も早く小枝を贈る女の子を見つけて……。そうだ、小枝を贈らなければ！

ぼくは下を見た。床には、最近人間が持ってきて置いていった、たくさんの小枝が散らばっている。

ぼくは床に飛び降りた。そして、散らばっていた小枝の中から一番気に入ったものを選んでくわえると、ユウユウのいる止まり木に飛び上がった。

「じゃ、あの、これ……」

ぼくは、小枝をユウユウに差し出した。ユウユウは、はじめてちょっと照れた顔になって、小枝を受け取った。

エピローグ　―青空の下で―

冬が過ぎてだいぶ暖かくなってきたころ、ユウユウは三個の卵を産んだ。

ぼくにとってもユウユウにとっても抱卵《ほうらん》や子育てははじめての経験だったので、かなり大騒《おおさわ》ぎにはなったが、それでも三羽をなんとか一人前の若鳥《わかどり》に育てあげた。もっとも、すこし人間の手を借りることもあったけれど。

三羽は今、ぼくたちのとなりに作られた新しいケージで暮らしている。

そして、今……。

「ねえコウ、聞いてるの？」

ユウユウの声で、ぼくは我《われ》に返った。見下ろすと、すこし下の台の上に、木の枝で作った巣がある。その中にうずくまったユウユウが、ぼくを見上げていた。

「そろそろ代わってよ。交代《こうたい》で抱くって、ちゃんと約束したじゃない」

ユウユウの声がうわずっている。これはすぐに従《したが》わないと大変なことになると、ぼくの直感は告げていた。湖で暮らしていたころよりすこし鈍ったかもしれないが、今回の直感はまちがいなく当たっている自信があるぞと、ぼくはすこし苦笑した。

「なにか言った？」

「あ、いや。なんでもない」

ぼくはあわてて台の上に飛び降りた。

ぼくが台の上に降りると、ユウユウは巣から立ち上がった。巣の中には、産まれたばかりの卵が三個ならんでいる。ユウユウは巣から出て大きく背伸びした。代わりにぼくが巣の中に入った。

「ちゃんとときどき裏返《うらがえ》してよ。きちんと温めないと孵《かえ》らないいんだからね」

「ああ、わかってるよ。はじめてじゃないんだから」

ぼくはくちばしで卵を順番に裏返していった。

「あら、上手になったじゃない。去年の今ごろは、卵が割れそうで見てられなかったけど」

「他鳥《ひと》のこと言えないだろ。ユウユウだって、去年は巣から落としそうだったじゃないか」

ぼくがそう言い返すと、ユウユウはペロッと舌を出した。ぼくはちょっと笑ってから、ゆっくり卵の上にうずくまった。ユウユウはようやく安心した顔で、もう一度伸びをすると、さっき人間が持ってきたドジョウを食べに降りていった。

見上げると、金網のすぐむこうに青空が広がっている。以前よりすこし遠くなってしまったが、きれいに澄んだ青空の色は、あの日、沼から見上げた空とすこしも変わってはいない。すこしずつ形を変えながら流れていく雲をぼんやりながめているうちに、ぼくはまぶたがだんだん重くなってくるのを感じた。

「あのころの夢でも見るか」

ぼくは、大きなあくびをしてから、ゆっくりと目を閉じた。

著者プロフィール

寺島 隆敏（てらしま たかとし）

1976年1月生まれ。京都府出身。

ある島の物語 ～青空の下で～

2007年8月15日　初版第1刷発行

著　者　寺島 隆敏
発行者　瓜谷 綱延
発行所　株式会社文芸社
〒160-0022　東京都新宿区新宿1－10－1
電話　03-5369-3060（編集）
03-5369-2299（販売）

印刷所　株式会社フクイン

ISBN978-4-286-03182-8